KB073374

너를 아는 것,
그곳에
또 하나의 생이
있었다

김신용
시집

백조

시집 『잉어』의 첫 장에는 이런 시가 실려 있다.

거미줄은
혹시 이슬의 벤치가 아닐까?

떠돌다 갈 곳이 없어 쓸쓸히 앉아 있는

그런 공원의 벤치—

어쩌면 이번의 짧은 시편들은, 그런 공원의 벤치에 앉아 있는 시들인지도 모르겠다.

그런 이슬의 벤치인지도 모르겠다.

2021년 봄
김신용

목차

1부

2부

5부

1부

분수령

너를 아는 것, 그곳에 또 하나의 생이 있었다.

가을의 잎

잎이 또 가을의 가지를 떠난다

　세계의 빈 공간에 채워지는, 저 무채색의 백색소
음―. 눈물겹다

아린芽鱗

아린은, 겨울눈을 감싸고 있는
야문 비늘—.

이 비늘로,
가지의 여린 싹눈은
추운 겨울을 이겨 내고, 봄이면
연초록 싹을 틔운다

마치 바구니에 담겨 강물을 떠내려가는
아기를 안아 올리는 손길 같은, 저 아린—.

저기 봐, 설해목의 가지에도
아린에 싸인 겨울눈들은 파르라니 눈뜨고 있다

저 폭포

저 폭포, 외줄기다 가느다란 물의 길이다 폭포라면 장엄해야 하는데 높은 낭떠러지에서 떨어져 내려 무엇을 무너뜨릴 듯 쏟아지는 질타 같아야 하는데 혼자서 오로지 외줄기다 산산이 부서지는 물거품도 없이, 혼자 먼 길 가는 것 같다 마치 산의 눈꺼풀 속에 숨겨져 있는 눈물샘 같은, 저 물줄기―. 아무도 폭포라고 여기지 않는데도 홀로, 폭포이다

까마득한 벼랑에서 떨어져 내리는 가느다란 길이다

마침표

나무 위를 오르는 물고기, 불가능의 등짝에 찍히는 마침표!

벌새

벌새는,
꽃의 꿀을 얻기 위해
1초에 수십 번의 날갯짓을 한다
마치 공기처럼 파동치는 가벼운 몸으로
무거운 짐을 지고 비계飛階를 오르는 것 같은
저 몸짓,

그래, 이 혼신의 날갯짓이 삶 앞에 선
모든 이의 눈빛이다

발아發芽

저것 봐!
사람 이빨 사이에 긴
딸기의 씨에서 싹이 돋아 있다
세상에! 사람 입 속의 이빨 새에 끼어서도
싹이 돋아나다니!

천년 지나 화석이 된 밀의 씨앗이 긴 잠에서 깨어났
다지만

저 발아―, 마치 위산胃酸의 바다에서도 죽지 않는
돌의 물고기 같다

죽기는커녕, 살아 싱싱하게 지느러미를 흔들고 있
는―

말라가는 힘

겨울 숲에 가면 잎이 말라가면서도
잎 손을 꼬옥 쥔, 나뭇잎들이 보인다

펴보면, 아늑한 벌레의 산실이 되어 있다

그래, 아무리 추워도 나뭇잎은 그 손을 펴지 않는다

담쟁이넝쿨 1

저 담쟁이넝쿨,
까마득한, 콘크리트의 벽을 기어오르면서도
참 푸르게도 웃고 있네

잿빛의 시멘트 벽에 푸른 그래피티 벽화를 그리듯
웃고 있네

담쟁이넝쿨 2

잎 진 뒤, 콘크리트의 벽에 붙어 있는 담쟁이넝쿨의
가느다란 줄기들을 보면 꼭 실핏줄 같다. 굳은 돌의 몸
에 뜨거운 체온을 불어넣기 위해 전신으로 피어오르는

그 숨결 같다

이슬의 뼈

사람이
참 노골露骨 같을 때가 있다
이슬의 뼈 같을 때가 있다

이슬을 보며,
맑은 이슬의 뼈를 상상하는 순간이다

물방울

그래, 물방울은 오직 물방울만 소유하고 있다

존재를 꽃 피우는, 그 빈 몸의 소유―.

물의 뿌리 1

대체 얼마나 더 낮아져야 물의 뿌리는 꽃을 피울까?

낮게 더 낮게 스며들수록 자신을 감추어버리는, 저
뿌리는―.

물의 뿌리 2

물 위를 떠 흐르며
꽃을 피우는 뿌리를 보면
마치 땀 한 방울 흘리지 않고
꽃을 피우는 것 같다

그 꽃이, 흐르는 뿌리의 더 아픈 땀방울인지도 모르
고—.

겨우살이

저 겨우살이 좀 봐!
집세 한 푼 안 내고 다른 나무의 가지에 뿌리를 내려
무전취식을 하듯 살아가고 있으면서도
푸르네
당당하네

마치 그곳이 제 고유의 삶의 영역인 것처럼

시선

이른 아침, 백로가 냇물에 두 발 담그고 물속을 응시
하고 있다

한 끼의 식사를 위해 백척간두에 선 듯 미동도 없는,
저 시선—.

집어등

밤바다의 집어등 불빛을 보면 온통 장미 꽃밭이다

불면의 땀방울들이 켜놓은, 저 꽃의 성좌들—.

담쟁이넝쿨 3

다시, 돌의 벽에 붙어 있는 담쟁이넝쿨의 마른 줄기
들을 보면
꼭 연필로 아무렇게나 그려놓은 에스키스 같다

그 밑그림에, 푸른 물감을 입히면 활짝 웃는 돌의 얼
굴이 보인다

2부

손

햇빛 고요한 날 물 위에 누운 수달이 배에 조개를 올
려놓고
손에 쥔 돌로 딱딱한 껍질을 깨트려 부드러운 속살을
꺼내 먹고 있다

저 앙증맞은 모습―,

그래, 세상의 어떤 손이 저렇게 맑게 빛날 수 있을까

언어의 체온

　시설柿雪은, 껍질 벗긴 감의 표면에 눈처럼 내려앉는 흰 분粉—.

　만약 이것을 시상柿霜이라고 한다면, 그래, 껍질 벗긴 감의 살결에 내린 서리라고 한다면 얼마나 추울까

목탁에 대하여

목탁은 잠들어도 결코 눈을 감지 않는
물고기의 형상이다

목탁을 두드리는 것은, 닫힌 마음의 문을 여는

끝없는 노크 소리이다

연잎밥

한 시인이 연잎밥을 소포로 보내왔다 밤이며 대추며
잣을 고명으로 얹어 연잎으로 곱게 싼 것, 무슨 화두
같다 이 뭣고? 하고 불쑥 내민 손 같다 그러나 잎새 같
다 늘 배고팠던 내 생의 빈 가지에 매달아 주는

그 잎새 같다

열무꽃

열무꽃을 보는 것은 언제나 눈물겹다. 자신의 짧은 한철 생을 마비시킨 듯 질긴 심을 채우고, 마치 풀꽃 같은 꽃을 피우고 있는

저 여린 뿌리를 보는 것은—.

껍질 1

눈부셔라,
하나의 생명을 낳아놓고
자신도 하나의 생명체인 듯
풀잎에 붙어 있는

저 우화羽化의 껍질들―.

그래, 아무리 하찮은 노동도
저렇듯 눈부신 생을 탄생시키는, 거푸집이 된다

껍질 2

껍질은

알맹이를 감싸고 있는 표피,

이 표피가 있으므로 모든 알맹이는 자신을 지킨다

아마 이 우주도 껍질이 없다면, 거품처럼 꺼져버릴 것
이다

그러므로 껍질은, 하나의 세계를 지키기 위한 보호막

이 보호막으로, 모든 사물은 자신의 얼굴을 가진다

저 아린芽鱗처럼—

밥풀에 대하여

밥풀때기라는 말이 있다
쓸모없고 하찮은 것을 가리키는 뜻이다
그러나 이 말이 유난히 정겨울 때가 있다
아기의 입가에 붙은 밥풀을 얼른 떼어
제 입에 넣는, 어미를 보는 날이다

이런 날은 쓸모없고 하찮다고 생각했던 것들이
참 눈에 밟히는 날이다

밥풀 하나가, 마치 소우주처럼 눈앞에 밝아오기 때문
이다

소금꽃

아무도 이 꽃을 본 적 없지만, 이 꽃은 있다
땀 흘려 일해보면 안다

사람의 몸이 씨앗이고 뿌리인, 이 꽃―.

일하는 사람의 몸이 소금의 꽃인, 이 꽃―.

손의 못 1

손에 못이 박인다는 것은 일에 익숙해지는 것인데 숙련공이 되어간다는 뜻인데 손에 박인 못이 더 아플 때가 있다

손에 못이 박이도록 일을 하는데도, 늘 빈손일 때가 그렇다

손의 못 2

손에 못이 박히고도 돌무덤 속에서 살아난 사내가
있다 나사렛의 목수다

그는 가난하고 핍박받는 사람들을 위해 기도를 일처
럼 했다

옹이 1

옹이는 나무의 상처지만 옹이는 강하다
무거운 도끼날도 튕겨 낸다
날카로운 톱날도 부러트린다
옹이는 그런 옹이로 일생을 살아간다
아무도 그것을 불가능이라고 말하지 않는다

옹이 2

나무의 옹이가 빠지면
그 빈자리,

새의 포근한 둥지가 된다

집이 된다

퇴적 1

저것 봐!
살아서 이미 퇴적층으로 묻힌
발자국 하나가 숨죽인 채
지층 아래로 내려가
시간의 그늘 아래 몸을 뉘인다

천년 지나 또 어떤 사랑의 지각 변동이 일어나
그대 숨결에 눈 뜨일까?

퇴적 2

살아서
이미 퇴적층으로 묻힌 뿌리 하나가
가만히 잎을 피워
바람에 흔들리고 있다
그 잎들—,
오늘도 나부끼고 나부껴
그대 숨결에 얼마나 다시 숨 쉬고 싶은지
말하고 싶은 듯

그래, 그렇게 걷는 것이 퇴적의 일이라는 것을
또 잊은 채—.

도구에 대하여 1

 손을 내밀면 망치가 쥐어진다. 그러나 영혼을 내밀면 우주가 쥐어진다.

도구에 대하여 2

민달팽이는 손이 없다. 그저 온몸으로 그대에게 이를 뿐!

안개

안개 자욱한
봄의 들녘에서
경운기 소리가 들려온다

마치 안개의 심장이 뛰는 소리 같다

이제 곧 햇살의 작은 새 떼들이
안개의 심장 속을 날아올라

아침을 깨우리라

3부

봄비

저 봄비,
꼭 송악 같다
돌에 기대
돌의 몸을 껴안고, 일생을
살아가는 나무

마치 고운 새가 날아와 굳은 돌의 마음을 허물고 있
는 것 같은—

우수지나
겨우내 얼어 있는 들녘에

지금, 그 봄비가 내리고 있다

봄

우편함 속 둥지에서 깨어난 새들이
포롱 포롱 날아오른다
아기 새들이 앉은 가지마다
봄꽃이 터진다

온 세상이 환하다

풀잎

풀잎은 '신이 지상에 떨어트린 손수건'이라는 시를 기억한다

그 손수건을 맑게 적신 이슬은 무엇이 떨어트린 번짐일까?

풀과 이슬

풀잎에
이슬이 맺혀 있다
이슬이
꼭 풀의 등에 얹힌
짐 같다

그 등의 짐 무거울수록

두 다리 힘줄 버팅겨 일어서는, 풀잎—.

반딧불이

캄캄한 밤의 허공에 여린 불빛 하나 떠가고 있다

결코 꺼트려서는 안 될, 인류의, 저 영원한 씨 불―.

꽃잠

밭일하던 아낙 나뭇잎 그늘 아래 설핏 풋잠 들었다

그 얼굴에 꽃잠[矗]처럼 비쳐 드는, 저 볕뉘!

흑백 사진

오래된, 낡은 흑백 사진은 모든 모색暮色의 거푸집이다

저녁 어스름 같은, 모색暮色에 젖은 그리움의 원형이 들어 있다

돋보기안경

돋보기안경을 쓰면 모든 것이 커 보인다
사랑의 눈도 그렇다

달이 뜨면, 작은 풀벌레 울음소리도 더 크게 들리
듯—

못의 그늘

못 하나도 그늘이 될 때가 있다. 그 못에 그대를 걸어
둘 때이다

못

그래, 한 번 박히면 일생이다. 못은 돌아갈 곳을 만들
지 않는다

순수 1

꽃게의 손은 꽃이 아니다. 꽃의 섬섬옥수에 물리면
더 아프다

순수 2

　게의 집게발은 손일까? 이빨일까? 그러나 물려보면
안다

　게의 꽃에 물린 자국에 어떤 피멍이 드는지—

옹이 4

옹아, 하루 종일 나무 위에서 뭐 하노? 빨리 내려와 저녁밥 안 묵을래?

잠깐만 기다려요. 지금 꽃이 피는 소리가 들린다구 요!

옹이 5

옹아, 니가 그린 그림에는 물고기의 눈이 와 옆구리에 달렸노?

엄마, 물 밑에 사는 메기는 눈이 수염에 달렸다구요!

가시

손톱 밑에 가시가 박히면 더 아프다 잘 보이지도 않
는다

그래, 가시는 가시可視다. 눈으로 볼 수 있을 때 뽑을
수 있다

틀

틀 속의 것은 틀을 닮게 된다. 우주가 틀인 것은 무형
無形의 형形이 된다

고드름

물이 되어 흘러내리다 문득 걸어온 길 뒤돌아보는,
저 서늘한 눈빛!

돌의 지느러미

길바닥을 뒹구는 돌도 당신이 손에 쥐면 지느러미가 돋는다

그 무늬가, 돌의 내부로 들어가는 문이다

4부

물의 신발

물방울은
혹시 물의 신발이 아닐까?
제 몸이 닳고 닳아야
더욱 맑고 투명하게 빛나는

그 물의 신발—.

얼음 물고기

얼어서
비로소 사람의 강을 건너오는
물고기가 있다.
동태다

아무도 자신의 불행에 눈길을 주지 않는데도
그 눈빛에, 그토록 다정하게 마음을 연 것처럼—.

저기, 오늘도 연탄불 위 양은 냄비 속에는
뜨겁게 동태가 끓고 있다

그렇게 언 몸을 녹이며 자신을 지우고 있는, 저 얼음
물고기들—.

데칼코마니 1

거울 앞에 설 때마다 너의 얼굴이 비쳐 있다. 펄펄 끓
는 삶의 용광로에 빠져 흔적 없이 지워져간

너의 얼굴—.

노을

갈대 우거진 벌판의 허물어져 가는 소금 창고에 노을
이 젖어 있다

적막 한 채 무릎에 뉘인, 피에타 피에타 같다

또 다른 생

솔개가 늙으면 무디어진 깃털과 발톱을 뽑아버리고,
새로운 부리와 날개가 돋을 때를 기다린다고 한다

그러나 이것은 잘못 전해진, 우화 같은 이야기—.

그래도 각질처럼 두터워진 편견과 아집을 벗어버린,
생의 중심에 다시 서고 싶다

거푸집

나를 뜯어내야, 그 속에 네가 꿈꾸는 세계가 조립된다

달

달이 마음씨 좋은 건널목지기 얼굴 같은 때가 있었다

처음 그대와 손잡고 걸을 때였다

목화씨

목화는
꽃이 지면서 흰 솜이 부풀어 오른다
솜이 꼭 꽃 같다
작은 구름송이 같기도 하다
그 솜 속에,
씨앗들이 포옥 파묻혀 있다

그래, 목화씨는 얼마나 포근했을까
꽃이 솜이었으니, 솜의 이불이었으니—

수박

잘 익은, 저 넝쿨의 굵은 땀방울—.

재봉틀

저 구름의 재봉틀—,

비의
빛나는 바늘로,
기운 자국 하나 없이
뭇 생명들을 깁고 있네

풀의 옷은
풀이듯

세상의 모든 것은 풀의 실로 짜여져 있다는 듯

데칼코마니 2

도장골에 살 때

여름밤이면, 거실의 유리창에

작은 청개구리 한 마리가 붙어 있곤 했다

불빛 따라 날아드는 날벌레들을 향해

온통 미끄러운 낭떠러지 같은 직벽의 유리창에

마치 와선처럼 달라붙어 있던

그 아슬아슬한 생에의, 미동微動—.

시를 쓰기 위해, 아는 사람 하나 없는 산골 마을을
찾아들어

새벽이면 어김없이 책상 앞에 앉아 있곤 하던, 나 또
한

꼭 그 모습을 닮아 있었다

영혼의 거처

높은 곳을 오르다 문득 뒤돌아본다. 내 영혼이 따라
오고 있는지—* 이 말이 마치 차가운 물 한 방울처럼
목 뒷덜미에 떨어지는 날이 있다

생의 공백이 소스라쳐, 문득 나를 돌아보는 날이다

*인디언 격언

혼

고흐의 잘려 나간 귀, 누군가에게는 섬이 되어 있다

꽃이 되어 있다

떨켜 1

떨켜는,

잎이 스스로를 떨어트리는 매듭

이 매듭으로

잎과 열매는 가을의 가지를 떠난다

매듭이 없는 것들은

가지에서 추하게 낡아간다

떨어져 내려야 할 때 떨어져 내려, 나무를 텅 비우고

서 있게 하는 것

  나무를 새로운 잎과 열매의 산실이 되게 하는 것

  그것으로 세계는 늘 새롭게 열려 있다

돌아보면, 사람도 언제나 그 길 위에 서 있다

떨켜 2

저 잎 좀 봐! 꼭 분서 같다
일생을 타오르다가 미련 없이 재로 돌아가는
재로 돌아가, 나무들의 서가를 신서新書로 가득 채우
는―
그래, 이 책의 주제는 언제나 한 생의 역작을 불태워
새로운 목록의 서가를 채우는, 그 역서들이어서
그래, 오늘의 책 주제 또한, 스스로 지은 매듭으로
가지에서 떨어져 내려 흙으로 돌아가는
잎의 변천사―, 그 연혁으로
다시 새로운 목록의 서가를 채우는―, 저 잎들

그래, 꼭 분서焚書 같다

거품

거품을 보면 거품인데도 빛난다
속이 텅 비었는데도 부풀어 오를수록 빛난다

속이 텅 비었으므로 무엇이든 채울 수 있다는 듯이
빛난다

티끌

머문 자리 티끌 하나 남기지 않는 사람이 있다. 사람 살이의 숙련공이다.

그러나 깨끗이 비질을 한 마당에 한 움큼의 낙엽을 뿌려놓는 사람이 있었다. 거지 스님, 원효였다.

등 그늘 1

등나무는
제 몸을 비틀고 비틀어
그늘을 짓는다

일생을, 혼신으로 짜는
저 그늘

사람의 그림자도 저와 같을 때, 비로소 그늘일까?

등 그늘 2

등나무 그늘은 짙다
등나무 그늘은 시원하다
등나무 그늘은 왜 짙고 시원할까? 생각하는 동안
등의 땀은 말라가고
등나무는 혼자서 또 그늘을 짜기 위해
온몸을 비틀고 있다
잎을 피우고 있다

여름 한낮,

5부

다리미

가슴속
따뜻한 숨결을 담고
오늘도 온갖 생활의 주름들을 펴고 있는

그대, 웃음—.

돌과 나무

돌에 기대
돌처럼 변해 있는 나무가 있다
송악이다
세상에! 일생을 돌에 기대 돌처럼 살아가는 나무라
니!
돌의 섬유질이라니!

그 송악을 본다는 것은 언제나 경이롭다

마치 돌의 핏줄 속을 흐르는
아름다운 음악을 듣는 것처럼

숨비 소리

말미잘이 바다의 아네모네라면, 저 소리는 숨꽃이겠다.

그래, 수련을 닮은 바다의 숨, 꽃—.

수련

물 위에 뜬
수련의 잎을 보면,
꼭 고요가 걸어간 발자국 같다

수련이, 수련水蓮이 아니라
수련睡蓮이어서—

물주름

물에도
숨결이 있다
눈빛이 있다

물의 주름이다

마치 소금처럼 물에 젖으면 녹아 지워지지만

물의 내면에 문신이듯 새겨져 있다

오동꽃

고목이 된
오동나무에 보랏빛 꽃이 피었다
낡은 보행기에 의지한 채
굽은 뼈 더 굳지 않게 아그작
아그작 걷는 연습을 하는
노구老軀의 무릎 같은 가지에서 핀
저 꽃—,

보랏빛이 멍의 색이 아니라
아직도 남은 생의 눈빛이듯, 선연하다

포옹

저기 새로 쌓은 돌담에
담쟁이넝쿨이 기어오르네
마치 자신을 위해 쌓은 돌담이라는 듯이
그러나 돌담은 모르는 척 시침 뚝 뗀 표정이네
먼 훗날, 자신이 조금씩 허물어져갈 때
그 넝쿨이, 전신으로 감싸주리라는 것을

이미 알고 있는 눈빛이듯—

열목어

어린 내가
몸살이라도 앓으면
장독대 위에 맑은 냉수 한 그릇 떠 놓고
두 손을 비는 어머니가 있었다
대문 바깥으로 부엌칼을 던지며
내 몸의 열을 내쫓는, 그런 걱정스런
눈빛이 있었다

그래, 세상의 어떤 약이 있어
그 약만 하랴—

오늘도 몸에 작은 열꽃이라도 피면
그 눈빛을 떠올리며, 전신의 열을 푼다

마른 꽃

솔방울은
돌처럼 단단해져 있다가도
씨가 여물면
몸의 물기를 말리면서
어느새 닫힌 씨방의 문을 활짝 열고 있다

겨울 소나무 숲에 가면,
그 마른 꽃들로 만개해 있다

냉이꽃

저 여린 것이 낮게 땅에 붙어 자라는 것이 키 낮은
창문에서 희미하게 비치는 불빛 같은 꽃을 가지고 있는
것이
꽃대는, 꼿꼿이 세운다

작디작은 씨앗들
제 살 곳으로, 떠나보내기 위해

냉이꽃 약사略史

잎 — 낮은 숨결

꽃 — 가늘지만 끊어지지 않는 눈빛

멍게의 시

멍게는
속살 전체가 혀다
그 혀로, 생각하는 뇌를 지운 채
바위에 붙어
굳어버린 바위의 뇌가 된 듯
일생을 침묵으로 산다

그 멍게가, 침묵을 깰 때에는
단단한 껍질 속에서 속살이 터져 나오는 순간이다

비

비는,

구름의 전지剪枝—.

구름 스스로 가지치기를 하는

구름의 가지들—.

저기 봐, 그 비의 가지에

무수한 봄의 꽃눈들이 맺혀 있다.

겨우내 마른 뿌리에 스며들어

잎을 눈 뜨게 하는, 비의

젖은 꽃눈들―.

모과

모과를 보면

울퉁불퉁 못생긴 모과를 보면

못생긴 것이 더 진한 향기를 품은 모과를 보면

돌처럼 딱딱한 과육에 문신처럼 새겨진

그래서 더 바보의 웃음 같은 향기를 보면

여전히 울퉁불퉁 길바닥을 굴러다니는 돌멩이 같은

그 가난한 마음의 시를 보면

헛꽃

헛꽃은
꽃보다 더 꽃처럼 장식하고
수정의 매개체를 불러들이는, 잎
그러나 꽃이 씨를 잉태하면
미련 없이 잎을 뒤집어 자신을 지워버린다
도무지 꽃처럼 보이지 않는 빈약한 꽃을 위한
잎의, 자기희생—.

그것이 더 꽃처럼 보이는

저 잎의 꽃!

시래기

시래기는
몸의 물기가 마를수록
서걱임이 날카로워진다
날이 선다
마침내 뼈만 앙상한 고행상苦行像을 닮아간다

그 시래기를 된장국으로 끓이면
고향 흙벽 같은 눈빛으로 풀어진다

한때, 시래기를 쓰레기로 발음했던 내 영혼이 베인다

그 남루가, 더 아프다

적寂

물방울이
물방울 악기를 연주하고 있다
발가벗은 몸으로 첼로를 켜는 나탈리아 망세처럼
알몸으로 백색의 음을 연주하는
저 물방울들—
두 손 내밀어 가만히 받으면
손바닥 안에 맑게 고이는

또 한 모금의 해갈—.

여우비

하늘이

창가에 새장을 걸어놓았다

새장 속에는

오랜 기다림의 눈빛이

발목이 젖은 채

서 있다

짧은 시에 대하여

김신용
(시인)

I

'나무들이 돋보기안경을 쓰고 있다. 달이 떴다'

이 글은 시집 『잉어』에 실려 있는 시 「돋보기안경」의 첫 행이다. 이 시는 모두 26행에 이르는 제법 긴 시인데, 시의 마지막 행도 이 구절로 끝을 맺고 있다.

그런데 몇 년 전, 어느 계간 문예지의 시평 란에서 마치 일본의 전통 시 하이쿠처럼 위의 시 한 행만으로도 한 편의 시가 된다는 글을 읽었었다.

그런가? 정말 그런가?

나는 놀란 눈빛을 띄었다. 그리고 반신반의하면서 그 글을 다시 한 번 읽었고, 그리고 이 한 구절만으로도 한 편의 시가 완성된다는 사실을 깨달았다.

나는 혼자 머리를 끄덕였다. 그래, 이 한 구절만으로도 시가 되는구나―.

그날 이후, 나는 시집 『잉어』뿐만 아니라 다른 시집에 수록되어 있는 시들도 찬찬히 훑어보았고, 그 짧은 한 구절만으로도 한 편의 시가 되는 행들을 여러 곳에서 발견했다.

가령 이 시집의 표제작이기도 한 「잉어」라는 시에서

"지느러미를 흔들면 물에 푸른 글씨가 쓰여지는, 저 물의 만년필"

이 한 구절만 떼어내도 '잉어'에 대한 주제를 응축하는 한 편의 짧은 시가 완성된다는 사실을 다시 한 번 깨달았다.

그러고 보니 시집의 곳곳에 그런 이미지들이 놓여 있었다.

그때부터 나는 그 한 구절 혹은 두 구절씩을 떼어 내어 새롭게 구성해보면서, 짧은 시가 가지고 있는 언어의 세계에 대해 숙고해보기 시작했다. 그리고 그 이미지들의 주제를 재구성해 따로 독립시켜놓기도 했었다.

그러면서 나는 생각해보았다. 나는 그동안 왜 짧은 시

를 쓰지 않았을까? 왜 짧은 시에 대해 관심을 가지지 않았을까?

그랬다. 나는 하고 싶은 말이 많았던 것이다. 그동안 나는 시를 쓸 때, 내가 살아온 경험의 세계에서 그 이미지들을 추출해 시의 주제를 형상화시키곤 했다. 짧게 응축된 언어의 세계보다는, 그 주제의 의미가 함축하고 있는 서사의 구조에 더 주안점을 두었던 것이다. 그러다 보니 자연적으로 짧은 시는 할 말이 많은데 채 하지 못한, 무언가 몸에 맞지 않는 옷처럼 불편했었다.

그랬다. 그것은 세계를 바라보는 인식의 문제였고, 의식의 흐름의 문제였고, 그 사유를 실어 나르는 내면의 언어의 리듬, 즉 내재율의 문제이기도 했다. 그러나 그 서사 구조를 가진 언어의 리듬도 어느 한 곳에서 호흡을 멈추었을 때, 그곳에 또 다른 시의 그릇이 오롯이 놓여 있다는 것을 나는 발견했던 것이다.

그때부터 나는 짧은 시에 대해 다시 한 번 숙고해보기 시작했다.

II

그러고 보면 그동안 내가 짧은 시를 쓰지 않은 것은 아

니었다. 1988년에 펴낸 첫 시집 『버려진 사람들』 속에도 몇
편의 짧은 시가 있었다. 그중 한 편을 여기 적이 보이겠다.

지게에

혹성 하나의 낙원을

지고 왔다

웬 우주인이

풀잎처럼

앉은뱅이 마을의

앉은뱅이 꿈속으로

초록빛 섬광의 비수가 되어

스쳐갔다

등뼈를 뽑아들고…

—「그들의 봄」전문

   그러나 이 시는 별로 눈길도 끌지 못했고, 내 자신에게
마저 그저 시집 속의 낙수落穗 쯤으로 여겨졌었다. 왜 그럴
까? 그것은 이 시집 속에 들어 있는 다른 시들처럼 구체적
인 서사 구조를 담보하지 못하고 있었기 때문이었다. 때문
에 나는 내가 살아온 또는 경험해온 삶의 현실적인 구체
성을 표현하기 위해 상징성으로 이루어진 이미지즘적 시

의 구조보다 현실의 구체성을 담보할 수 있는 서사 구조의 시에 더 주안점을 두었던 것이다. 그리고 그런 시의 창작 방법은 내게서 고착화되어 갔다. 그런 의미에서 나는 이미지즘적 시의 구조를 가진 시를 써놓고 보면 뭔가 알맹이가 빠진 듯한, 하고 싶은 말은 많은데 미처 다하지 못한 것 같은 빈 구석을 느끼곤 했던 것이다. 그래도 지금까지 출간된 여덟 권의 시집 속에는 손가락으로 셀 수 있을 정도의 짧은 시가 쓰여 있었다. 이것은 또 어떤 현상일까?

그랬다. 이것은 시의 구조의 문제였다. 아니, 한 편의 시를 이루는 주제의 형상화의 문제였다. 한 편의 시의 주제가 정해져 시를 쓰다보면, 그 주제에 맞는 서사 구조가 있고 또 그 주제의 성격에 따라 또 다른 언어의 구조를 가질 수 있는 것이 바로 시라는 것을 나는 다시 한 번 깨달았던 것이다. 그 증거를 구체화하기 위해 또 다른 짧은 시 한 편을 소개해 보이겠다. 세 번째 시집 『몽유 속을 걷다』에 수록되어 있는 시이다.

내가 돌 속을 헤엄치면

버들치 같은 작은 물고기가 될까?

산의 내면에서 흘러나온 듯한 맑은 물속에서 살아

바닥의 모래알까지 환히 들여다보여

몸속의 내장마저 투명할 것 같은!

돌 속을 헤엄치면, 아기 웃음 같이 無垢한 그런

지느러미를 갖게 될까?

어두운 핏줄 속을 헤엄쳐 그대 훤히 밝히는―

―「내가 돌 속을 헤엄치면」 전문

　이 시도 현실의 구체성을 떠올린 서사 구조보다 내면의
의식을 형상화한 이미지즘적 구조를 가지고 있다. 그러니
까 이 시는 현실의 구체적인 사실성보다는 언어의 상징성
에 내면의 목소리를 표현하고 있다. 이것을 대비해보면 짧
은 시란 현실적인 서사의 구조보다 언어의 상징성에 더 무
게를 갖는다. 그리고 그 상징성은 다의적 해석 구조를 띠
고 있다. 다의성의 해석 구조란 읽는 사람에 따라 다양한
의미를 갖는 것이다. 이것이 짧은 시의 매력이었고, 간결
한 언어의 표현 속에 광의적 의미를 담을 수 있는 구조를

가지는 것이 짧은 시의 매혹적인 세계였다.

이것을 깨닫고 난 뒤, 나는 짧은 시를 쓰기 시작했다. 스무 행이 넘는 긴 시를 쓸 때에도 짧은 시는 내 앞에 놓여 있었고, 때론 간결한 미학적 구조를 가진 매혹적인 그 언어의 세계에 침잠하기도 했었다.

Ⅲ

그렇다. 짧은 시는 사물의 핵심을 파고드는 직관력과 표현하고자 하는 주제를 응축시키는 언어의 간결한 결정체일 때 가능하다. 이것은 미학적 구조의 탐미성까지 띠고 있다.

이 촌철살인적 언어의 세계는, 언어의 경제성을 담보할 때 가능하다. 또 그런 사물의 핵심을 꿰뚫는 날카로운 인식의 힘은 짧은 언어의 구조에 아름다움까지 부여한다. 가령 파블로 네루다의 짧은 시 「백조」는 딱 두 구절로 이루어져 있다.

헤엄치는 눈송이 위
긴 긴 까만 물음표

오래 전에 읽은, 열음사에서 발행된 파블로 네루다의 시선집 『마추삐추의 山頂』에서 처음 이 시를 읽었을 때, 그 언어의 미학적 구조에 나는 무릎을 쳤다. 그래, 짧은 시의 매력이란 이런 것이구나!

사실 파블로 네루다의 시는 길다. 이 시선집에 수록되어 있는 시들 대부분이 수십 행 혹은 수백 행을 넘긴 시도 있다. 그런 시들 속에서 이 짧은 시가 가지고 있는 매혹적인 언어의 세계는 내게 또 다른 시의 세계를 보게 했다. 그러고 보면 그동안 내가 읽은, 내가 좋아하는 짧은 시들이 많다는 사실을 깨달았다.

사람들 사이에 섬이 있다. 그 섬에 가고 싶다.

—정현종의 「섬」 전문

도마뱀의 짧은 다리가, 날개 돋힌 도마뱀을 태어나게 한다.

—최승호의 「인식의 힘」 부분

물 먹는 소 목덜미에
할머니의 손이 얹혀졌다.
이 하루도
함께 지났다고,
서로 발잔등이 부었다고,
서로 적막하다고,

이렇게 찾아보면 많을 것이다. 그러나 읽고 난 뒤, 그 느낌을 오래 담아 두지 않았었다. 읽고 나면 그래, 이런 시도 존재하는구나—, 했을 뿐, 그리고 곧 잊어버리곤 했었다. 아마 앞에서 말한 내가 살아온 삶의 구체적인 현실이 너무 무거웠기 때문일 것이다. 그래도 돌이켜 보면 이 짧은 시들이 주는 매혹적인 언어의 세계는 내 의식 속에, 가슴 밑바닥 깊은 곳에 마치 숨겨진 듯 놓여 있었다.

그것을 다시 발견하게 해준 것이, 이 글의 첫 장에 있는, 어느 계간지의 시평 란에 실려 있던 그 글이었다.

'나무들이 돋보기안경을 쓰고 있다. 달이 떴다'

이 한 구절만으로도 짧은 시 한 편이 완성된다는, 그 말—.

IV

그때부터 나는 짧은 시를 쓰기 시작했다.

그것이 생의 구체성이 담긴 서사 구조를 가진 긴 시를 쓰다가 마치 낙수처럼 떨어진 것이 아니라, 온전한 자신의 세계를 가진 한 편 한 편을 완성하기 위해 나는 침잠했다.

그렇게 쓰인 시편들을 여기 한 권의 시집으로 묶는다.

어쩌면 아직 미숙하고 부끄러움이 많은 것인지도 모른다.

아직도 무언가 할 말이 많은데 미처 말을 다 하지 못한 것 같은, 빈구석도 있을 것이다. 그러나 그것을 극복하는 것이 또 하나의 시의 세계라는 자각이 용기를 갖게 해주었다.

그러고 보면 그동안 내 짧은 시에 대한 무지함이, 그 무지함에 대한 깨달음이, 이번 시집을 펴내게 하는 것인지도 모르겠다.

그런 무지함에 대한 자각이 이 시집을 태어나게 했을 것이라는, 그 부끄러움이, 오늘 내 의식의 빈 가지에도 '달'로 떠오르기를 바랄 뿐이다.

인용 시 출처

정현종 「섬」, 『나는 별아저씨』, 문학과지성사, 2000.
최승호 「인식의 힘」, 『대설주의보』, 문학과지성사, 1999.
김종삼 「묵화」, 『김종삼정집』, 북치는소년, 2018.

너를 아는 것, 그곳에
또 하나의 생이 있었다

초판 1쇄 발행 2021년 07월 16일

지은이 김신용
펴낸이 이계섭
책임편집 이라희
디자인 오진경

펴낸곳 (주)백조
주소 경기도 화성시 노작로2길 6 202호
출판등록 2020년 8월 14일
전화 031-8015-0705
팩스 031-8015-0704
E-mail baekjo1120@naver.com

값 10,000원 ISBN 979-11-972148-5-1